Vente à Paris

Les Mercredi 6 et Jeudi 7 Mars 1901

COLLECTION FORMÉE EN CHYPRE

ANTIQUITÉS

Terres cuites, Pierre calcaire

VERRES, MONNAIES, BIJOUX

Vve RAYMOND SERRURE

PARIS

COLLECTION FORMEE EN CHYPRE

ANTIQUITÉS

Terres cuites, Pierre calcaire, Verres
Monnaies, Bijoux

VENTE AUX ENCHÈRES PUBLIQUES

à Paris, Hôtel des Commissaires-Priseurs, rue Drouot

SALLE N° 9, AU PREMIER

LES MERCREDI 6 ET JEUDI 7 MARS 1901

à deux heures

Par le ministère de Me MAURICE DELESTRE, *Commissaire-Priseur*

5, *Rue Saint-Georges*, 5

EXPOSITION PUBLIQUE, LE MARDI 5 MARS 1901

Vve RAYMOND SERRURE

ANTIQUITÉS — NUMISMATIQUE

19, Rue des Petits-Champs, 19

PARIS

CONDITIONS DE LA VENTE

La vente aura lieu au comptant.

Les acquéreurs paieront, en sus des adjudications, *dix pour cent.*

L'exposition mettant les acheteurs à même de juger l'état des objets catalogués, aucune réclamation ne sera admise aussitôt l'adjudication prononcée, sauf le cas d'erreur matérielle.

Mme Vve Raymond SERRURE se charge, aux conditions habituelles, (5 %, sur la limite), des commissions qu'on voudra bien lui confier.

Exposition publique le mardi 5 mars, à l'Hôtel des Ventes, de 2 à 5 heures.

TERRES CUITES

CHYPRE

1 Maquette plate, figure primitive de femme; terre rouge lustrée. Haut. 280 mm. Trouvée à Arpéra. *V. pl.*

2 Colonne creuse simulant un berceau dans lequel est couché un enfant; ornements gravés à la pointe; terre rouge lustrée. Haut. 160 mm. Trouvée à Arpéra.

3 Figure d'Aphrodite cypriote portant un enfant. Pièce remarquable et complète. Haut. 210 mm. *V. Pl.* Trouvée à Alambra.

4 Même figure, plus petite, sans enfant. Haut. 125 mm.

5 Une autre; un bras manque. Haut. 210 mm.

6 Figurines en forme de colonne pleine. Attitudes diverses; traces de couleur. 5 p. Haut. 120 à 250 mm.

7 Groupe d'hommes exécutant la danse sacrée autour d'un joueur de flûte. Haut. 100 mm. Trouvé à Larnaca.

8 Figurines côniques creuses représentant un guerrier, dessins rouges et noirs. 2 p. Haut. 145 mm.

9 Figurines de cavaliers; bariolages noirs, 2 p. Haut. 130 mm.

10 Taureau, terre blanche: raies noires et rouges.

11 Partie d'une maison carrée, un personnage assis à l'intérieur; terre jaune, Haut. 135 mm.

12 Figurine pleine; Vénus relevant sa robe, un bras manque. Haut. 160 mm.

13 Eros assis, la tète appuyée sur son genou; figurine pleine. Haut. 132 mm. Trouvée à Larnaca.

14 Eros à cheval sur un coq; figurine creuse. Haut 170 mm. Trouvée à Larnaca.

15 Hercule coiffé de la peau du lion, son manteau sur les épaules; traces de couleur rouge. Haut. 155 mm.

16 Hercule coiffé de la peau du lion, son manteau sur les épaules; de la main dr. il tient sa massue, de la g. son arc; terre jaunâtre, traces de couleur rouge. Haut. 270 mm.

17 Hermès coiffé d'un bonnet pointu, son manteau agrafé sur l'épaule dr. et portant sur le bras g. un petit bélier; terre jaunâtre, traces de couleur rouge. Haut. 290 mm.

18 Hydrophore; jeune fille vètue d'un double chiton, portant une œnochoé; terre grise. Haut. 170 mm.

19 Femme drapée, deb., son manteau couvre les deux bras; terre jaune lustrée. Haut. 175 mm.

20 Femme drapée, la main g. sur la hanche, tenant de la dr. les plis du manteau; terre jaune. Haut. 200 mm.

21 Déesse vêtue d'un double chiton, la main dr. tient les plis du vêtement, la g., une boîte, coiffure haut tressée; terre jaune. Haut. 207 mm.

22 Femme voilée et drapée, deb. de face; le voile enveloppe la tête, les bras sont dissimulés sous la draperie; terre brune lustrée. Haut. 250 mm.

23 Déesse voilée et drapée, relevant son manteau d'une main et de l'autre tenant un serpent (?); terre jaune lustrée. Haut. 190 mm.

24 Cavalier galopant à dr., manteau flottant, coiffé du bonnet phrygien, terre jaune. Haut. 150 mm.

25 Autre cavalier; une palme sous le cheval. Haut. 180 mm. Restauré.

26 Masque comique; terre jaune. Haut. 80 mm.

27 Masque, tête d'Hercule coiffé de la peau du lion; terre jaunâtre. Haut. 100 mm.

28 Un masque de femme diadémée ; terre rouge.

29 Figures de femme à la coiffure égyptienne; l'une est incomplète. Haut. 100 et 150 mm. 2 p.

30 Figurines de femmes coiffées du bonnet cônique, parées d'un collier, les bras ramenés sur la poitrine; terre rouge. Haut. 145 et 155 mm. 2 p.

31 Une autre, coiffure aplatie; terre rougeâtre. Haut. 108 mm.

32 Figurine de femme assise, coiffée du bonnet asiatique; terre grise. Haut. 108 mm.

33 Statuettes, imitation du style égyptien; terre grise peinte en noir et terre émaillée. 5 p.

34 Série de douze petits vases conjugués deux à deux sur une base aux extrémités de laquelle se tiennent, debout, un homme et une femme; terre jaune. Long. 330 mm. *V. pl.*

35 Trois petits vases, sans pieds, réunis par une seule anse.

36 Six autres, conjugués deux à deux, supportés par une seule anse.

37 Sept petits vases disposés en cercle sous une anse. L'anse manque.

38 Huit autres, à pieds, disposes en cercle sous une anse; terre rouge. L'anse manque.

39 Vase en forme d'entonnoir, muni d'une anse. — Un autre, petit, terre rouge lustrée.

40 Petit vase, forme d'auge, sur trois pieds; terre jaune.

41 Petite nacelle, un personnage assis à l'intérieur; traces de bariolages rouges et noirs.

42 Deux ânes portant deux petits paniers.

43 Amphore à trois pieds, ornée de dessins incisés; le goulot représente une tête humaine; terre rouge lustrée; un pied manque. Haut. 200 mm. *V. pl.*

44 Vase formé de deux cornets assemblés, sans anse; terre rouge, dessins incisés. Haut. 150 mm.

45 Vase en forme de quadrupède; panse ronde; tête de taureau; terre rouge, dessins incisés. Haut. 100 mm.

46 Un autre, tête de bélier. Haut. 153 mm.

47 Un autre, semblable; incomplet.

48 Vase à anse et à goulot latéral; tête de cerf; terre rouge lustrée, incision. Haut. 150 mm.

49 Deux autres, tête de cheval; incomplets.

50 Vase en forme de quadrupède, tête de mouton ; terre noire lustrée ; décor d'incisions quadrillées. — Un autre, tête de cerf. *V. pl.* — Un autre, plus petit, panse presque quadrangulaire.

51 Vase en forme d'oiseau, avec une anse et un goulot ; terre rouge incisée. Haut. 200 mm.

52 Cinq autres, de grandeurs différentes.

53 Vase à bec vertical à une anse ; la panse a la forme du corps d'un oiseau ; trois pieds, incisions et saillies ; terre rouge lustrée ; Haut. 160 mm. — Un autre, orné d'œillets en saillie. Haut. 160 mm.

54 Vase en forme d'animal ; trois pieds, anse sur le dos, bec vertical, œillets en saillie ; terre rouge. Haut. 230 mm.

55 Œnochoé à une anse en torsade, long bec vertical orné d'incisions et d'œillets en saillie, panse allongée ; terre rouge lustrée. Haut. 370 mm.

56 Deux autres, même forme. Haut. 250 et 270 mm.

57 Trois petites œnochoés, même forme, couvertes d'appendices saillants, l'une à trois pieds ; terre rouge et terre blanche. Haut. 130 à 160 mm.

58 Vase à deux goulots verticaux et une anse ; décor géométrique incisé ; terre rouge. Haut. 250 mm. *V. pl.* — Une autre petite.

59 Vase à une anse, goulot vertical ; sur la panse un autre petit goulot et deux ornements latéraux ; décor géométrique incisé ; terre rouge lustrée. Haut. 260 mm.

60 Deux vases en forme de barillet, deux petites anses ; décor incisé ; terre rouge et terre grise.

61 Trois petits vases à goulot vertical, réunis sous une seule anse ornée ; décor géométrique incisé ; terre rouge lustrée. Haut. 170 mm. *V. pl.*

62 Autre pièce semblable.

63 Un lot de sept vases à anse, ornements incisés et en saillies ; terre rouge et terre blanche.

64 Un lot d'écuelles hémisphériques ; décors géométriques gravés ; terre rouge vernis noir. 13 p. de différentes grandeurs.

65 Vase forme tubulaire, terminé à chaque extrémité par un goulot allongé ; trois anses ; terre rouge incisée. *V. pl.*

66 Cinq vases en forme d'amphore, petites anses ; décors géométriques incisés ; terre noire et terre rouge lustrée. Haut. 80 à 120 mm.

67 Trois œnochoés à bec vertical, formes variées; dessins géométriques incisés, terre rouge lustrée. Haut. 130 à 180 mm.

68 Deux œnochoés; décor géométrique; terre rouge lustrée. Haut. 150 et 160 mm.

69 Deux autres, jolis décors incisés; terre brunâtre lustrée. Haut. 125 et 150 mm.

70 Coupes sans pied, formes différentes, et vase sphérique à goulot et anse. 4 p.

71 Trois petites jarres.

72 Trois petits vases à bouche ronde, trois pieds et une anse; décor incisé; terre rouge.

73 Six petits vases formes variées, décor géométrique; terre rouge et terre noire lustrée.

74 Trois petites œnochoés, jolis décors incisés; terre rouge.

75 Trois autres, plus grandes, mêmes décors; terre rouge et terre noire.

76 Une coupe et un petit vase forme entonnoir, même décor.

77 Jolie petite coupe à pied, et quatre petits vases à anse; décors incisés; terre rouge et terre noire.

78 Coupes à anse et vase forme gourde; terre rouge. 4 p.

79 Plaque de forme rectangulaire, avec trous de suspension; décor géométrique; terre rouge. Long. 335 mm.

80 Grand vase en forme d'amphore, à large col, orné, sur le haut de la panse, de sujets en relief représentant des laveuses; façonné à la main; style primitif; terre rouge. Haut. 605 mm. *V. pl.*

81 Grand vase en forme de vasque, deux anses, annelets et animaux en relief; terre rouge. Haut. 430 mm. D. 445 mm. *V. pl.*

82 Grand vases à deux anses, forme de vasque, panse ornée de deux cerfs et de deux serpents; terre rouge. Haut. 460 mm. D. 470 mm.

83 Vase en forme d'écuelle; trous de suspension; œillets en saillie; terre rouge. D. 450 mm. — Un autre, muni d'un bec. D. 300 mm.

84 Grand vase en forme de gourde, anse et goulot ornés de dessins incisés; terre rouge lustrée. Haut. 365 mm. — Un autre même forme, anses à deux branches, ornements en saillie; terre rouge. Haut. 340 mm.

85 Vase en forme de gourde, base pointue, goulot et anse ornés de saillies; terre rouge lustrée. Haut. 350 mm.

86 Grand vase à une anse, deux petits goulots juxtaposés, panse ornée, à la partie supérieure, de deux serpents ; terre rouge. H. 335 mm. D. 330 mm.

87 Lot de curieuses figurines, style primitif, ayant servi d'ornements de vases ; terre rouge.

88 Lot de statuettes incomplètes, de têtes de personnages et de têtes d'animaux.

89 Lot de vases incomplets et de fragments de vases.

90 Vase en forme d'oiseau, avec une anse sur le dos ; terre blanche décorée de lignes rouges et noires. — Un autre, même forme, avec goulot.

91 Trois vases en forme d'animal cornu, avec une anse sur le dos ; terre blanche, traces de couleurs. Long. 160 mm.

92 Un autre en forme de grand oiseau ; dessins linéaires noirs. Long. 250 mm. Restauré. *V. pl.*

93 Vase ayant la forme d'un anneau couché ; anse arquée avec, aux extrémités, un goulot et une tête d'animal cornu ; terre grise. D. 200 mm. Incomplet.

94 Trois petits vases à deux anses supportés par une seule anse ; dessins géométriques noirs. Haut. 150 mm.

95 Vase sans pied, à bouche ronde, à anse et à bec ; dessins noirs losangés ; terre blanche. — Trois autres, forme œnochoé.

96 Vase à bouche ronde, deux trous de suspension ; dessins noirs peints ; terre blanche. Haut. 180 mm.

97 Œnochoé à bouche ronde, anse plate ; dessins et pointillés bruns ; terre blanche. Haut. 175 mm.

98 Trois petites œnochoés à bec trilobé ; terre blanche, cercles concentriques noirs, peinture mate.

99 Quatre petites coupes sans pied, à anses ; terre blanche, dessins noirs.

100 Trois œnochoés à panse sphérique ; terre blanche, cercles et dessins rouges et noirs. — Une autre, terre rouge.

101 Vase en forme de barillet, avec goulot vertical trilobé et anse bifide ; terre blanche, cercles concentriques noirs. Haut. 300 mm.

102 Œnochoé à bec trilobé, anse plate ; sur la panse, un oiseau volant à dr. et croix gammées ; terre blanche, peinture mate rouge et noire. Haut. 280 mm.

103 Autre œnochoé même forme, la panse ornée d'un oiseau et de cercles concentriques noirs ; terre blanche.

104 Amphore à deux anses, dessins géométriques bruns ; terre blanche. Haut. 170 mm.

105 Petite amphore à deux anses plates ; dessins de style mycénien entre des cercles ; terre blanche, peinture brune. Haut. 210 mm.

106 Vase à deux anses, panse sphérique reposant sur trois pieds façonnés en anses ; croix gammées, bandes et cercles concentriques ; terre blanche, peinture noire et rouge. Haut. 190 mm.

107 Coupe sans pied, forme de bol, anse pointue ; bandes et cercles noirs ; terre blanche.

108 Coupe à pied et à petites anses ; fleurs de lotus et dessins géométriques noirs et rouges ; terre blanche. Haut. 145 mm. Une anse manque.

109 Coupe même forme, dessins rouges et noirs ; terre jaune. Haut. 100 mm. — Une autre petite, cercles, bandes et croix gammées.

110 Grand cratère à deux anses, filets et enroulements de style mycénien. dessins bruns ; terre jaune. Haut. 325 mm. Incomplet.

111 Grand cratère à deux anses, la panse ornée de chaque côté de personnages et d'un cheval attelé à un char dans lequel sont assis deux autres personnages ; peintures noires ; terre jaune. Haut. 430 mm. Trouvé à Aradippon.

112 Grande amphore à deux anses, bandes et groupes de filets concentriques, dessins géométriques noirs ; terre rouge. Haut. 415 mm,

113 Grand vase en forme d'œnochoé, panse pomiforme, un goulot latéral ; dessins géométriques, oiseau, feuillage, cercles concentriques et croix gammées, peints en noirs ; terre grise. Haut. 390 mm. Trouvée à Aradippon.

114 Deux coupes à anses et à pied court, intérieur orné de cercles concentriques peints en noir ; terre rouge et grise. D. 315 et 285 mm.

115 Plat et coupe à deux anses ; terre jaune, dessins noirs.

116 Cinq coupes sans pied, intérieur orné d'oiseaux et de bandes ; à l'extérieur, des cercles ; terre jaune, peinture rouge lustrée.

117 Coupe à deux anses fines et à pied court, intérieur peint en brun, extérieur orné de bandes et d'oiseaux aquatiques ; terre jaune fine, peinture brune. Haut. 70 mm.

118 Vases à étrier et bec vertical, ornés de cercles et de dessins rouges et noirs ; eterr jaune fine p. 9.

119 Deux vases sans pied, panse cylindrique, bouche ronde, trois petites anses; terre jaunâtre; dessins rouges lustrés.

120 Deux autres, même forme, deux petites anses.

121 Joli vase à eau orné de cercles et de spirales; trois petites anses; terre blanche fine, peinture rouge lustrée. Haut. 165 mm. — Huit autres, même forme, dessins rouges, bruns ou noirs.

122 Petite amphore sans pied, deux anses, cercles concentriques; terre jaune, vernis rouge. Haut. 130 mm. — Un autre, cercles rouges et noirs.

123 Deux vases forme gourde aplatie, à deux anses; dispositions et dessins différents; terre blanche fine.

124 Œnochoé terre rouge, cercles concentriques et filets noirs. — Cinq autres variées.

125 Petits vases à large col, deux anses, ornés de cercles concentriques et filets noirs; terre rouge. 4 p.

126 Deux œnochoés à bec trilobé, cercles et filets noirs; terre rouge.

127 Œnohcoé anse bifide, bec trilobé, avec un filtre intérieur, cercles concentriques noirs; terre rouge lustrée. Haut. 200 mm.

128 Une autre, même forme, sans filtre, la panse ornée de groupes de petits cercles concentriques noirs; terre rouge lustrée. Hauteur 190 mm.

129 Petite coupe à deux anses et à long pied; l'extérieur est orné de cercles, de têtes de taureaux et de cerfs; terre jaune fine, peinture rouge lustrée. Haut. 108 mm.

130 Coupe sans pied, à une anse; extérieur orné de cercles et de spirales, peinture rouge; terre jaune. D. 120 mm.

131 Taureau couché. — Petit sanglier. — Tête de taureau en forme d'applique; terre jaunâtre. 3 p.

132 Deux œnochoés formes différentes, l'une ornée de dessins incisés, l'autre de saillies; terre blanche, peinture noire.

133 Lot de cinq petits vases de différentes formes; terre blanche, peinture noire mate.

134 Six petites œnochoés, terre blanche, peinture noire mate.

135 Deux œnochoés forme élégante, goulot et panse ornés de filets en relief; terre blanche, peinture noire. Haut. 150 et 170 mm.

136 Œnochoé finement travaillée et vase sphérique à deux anses, muni d'un goulot latéral; terre rouge à incisions.

137 Deux œnochoés, terre rouge lustrée; l'une porte une inscription.

138 Deux petites coupes pied et trois œnochoés, terre rouge et jaune. 5 p.

139 Grand vase en forme de lécythe; terre rouge lustrée. Haut. 350 mm.

140 Deux petits aryballes, terre jaune lustrée, peinture rougeâtre.

141 Lécythe en forme de tête représentant un personnage coiffé à l'égyptienne; terre rouge.

142 Coupe à deux anses et à pied, terre rouge, intérieur noir avec fond rouge, extérieur orné de cercles noirs; lustre noir. D. 175 mm. Restaurée.

143 Œnochoé à goulot en forme d'entonnoir, beau noir lustré. Haut. 120 mm. — Petite coupe, noir lustré, décor intérieur incisé.

144 Œnochoé à bec trilobé; un petit tableau en jaune sur la panse représente une figure debout; lustre noir brillant. Haut. 105 mm.

145 Œnochoé à bec aplati; beau vernis noir brillant. Haut. 140 mm.

146 Deux petites œnochoés, l'une à bec trilobé; vernis noir brillant.

147 Une petite œnochoé, dessins rouges, et deux petites coupes à pied, vernis noir brillant.

148 Une petite coupe à deux anses et à pied et une petite amphorisque à pied, anses simulées; vernis noir brillant.

149 Deux lécythes, sujets à plusieurs personnages et un bige; vernis noir et incisions fines sur fond rouge. Haut. 160 et 170 mm. Trouvés à Episcopi.

150 Deux autres à sujets; vernis noir sur fond rouge; l'un est restauré. Haut. 115 et 130 mm.

151 Un autre, deux personnages combattant devant deux autres; vernis noir, terre rouge. Haut. 150 mm. L'anse manque.

152 Un grand lot de lampes à sujets en relief différents, quelques-uns très fins, inscription sur l'une; terre lustrée jaune, blanche ou rouge. 88 pièces à diviser.

153 Un vase sans pied, bouche ronde, trois petites anses; albâtre. Haut. 100 mm.

154 Un autre, même forme, plus petit. Haut. 55 mm.

155 Un vase forme alabaster, une œnochoé et une coupe sans pied; albâtre.

156 Deux petites coupes à pied et à moulures; albâtre.

157 Deux petits vases forme amphorisque à deux anses; albâtre. Trouvés à Larnaca.

SCULPTURES EN PIERRE CALCAIRE

158 Deux statuettes, style rudimentaire; vêtements à longs plis droits.

159 Deux statuettes, l'une coiffée à l'égyptienne, l'autre du bonnet asiatique. Incomplètes.

160 Joueur de double flûte, le visage à moitié caché par un bandeau, tunique longue et plate; style presque primitif. Haut. 530 mm. Trouvé à Kellia.

161 Jeune fille jouant de la lyre, même style. Haut. 170 mm.

162 Deux figurines, personnages assis. Haut. 90 et 170 mm.

163 Statuette même style, cheveux bouclés sur le front, la main g. appuyée sur la poitrine, la dr. retient les plis de sa tunique; tête modelée avec soin. Haut. 600 mm.

164 Prêtresse parée d'un double collier, le bras g. pendant le long du corps, la main dr. presse une fleur sur la poitrine; tunique longue sans plis. Haut. 460 mm.

164 *bis* — Personnage imberbe, dans l'attitude de la marche, les bras pendant le long du corps, vêtu d'un pagne, coiffé du *polos*. Haut. 670 mm. Trouvé à Kellia.

165 Trois têtes de femmes coiffées d'un serre-tête; sur les cheveux frisés est placé un bandeau orné de fleurons.

166 Deux figurines de femmes, ornées de colliers, diadémées et drapées. Haut. 135 et 140 mm. Endommagées.

167 Deux têtes imberbes, diadémées, et fragments de tête.

168 Buste d'Hercule coiffé de la peau du lion. Haut. 270 mm.

Les têtes décrites ci-dessous sont plus ou moins incomplètes

169 Grande tête de déesse voilée, ceinte d'une bandelette et parée de boucles d'oreille. Haut. 310 mm.

170 Autre tête, voilée. Haut. 270 mm.

171 Tête de déesse, voilée, diadème dentelé. Haut. 300 mm.

172 Tête de femme aux cheveux bouclés, diadème dentelé et orné de rosaces. Haut 350 mm.

173 Grande tête d'homme barbu, coiffé du bonnet asiatique. Haut. 340 mm.

174 Buste de personnage drapé.

175 Petit mortier de marbre avec un manche orné de deux dessins et de deux têtes. — Une pierre plate à aiguiser.

176 Un lot de pierres et fragments avec inscriptions.

177 Deux petites cônes en pierre dure, ayant servi de pilons à collyre. — Un talisman cubique en schiste, portant sur deux faces opposées un personnage casqué et un autre lauré, gravé en creux; trois autres côtés portant des inscriptions.

178 Colonne funéraire avec portrait sculpté et inscription grecque à la base. Haut. 600 mm.

178 bis. Une autre colonne aveo sphinx femelle, la tête ceinte d'une couronne à trois rangs de rosaces. Haut. 615 mm. Restaurée. Trouvée à Athienan.

179 Grand bas-relief représentant deux lions, assis de profil, enchaînés par le cou de chaque côté d'une colonne verticale ornée; dans le champ, deux rosaces. Dim. 580 mm. × 450 × 180.

SUPPLÉMENT

180 Buste en marbre blanc, figure jeune imberbe (Antinoüs?). Socle en marbre blanc et rouge. Haut. du buste 300 mm.; haut. du socle 215 mm.

181 Buste en marbre blanc d'un empereur romain. Même socle et même dimensions que le précédent.

Ces deux bustes ont été trouvés à Pompéi.

182 Un grand buste d'homme de l'époque romaine, marbre blanc. Socle marbre et colonne en bois. *Trouvé près de Reims.* Haut. du buste 520 mm. — Nez et menton restaurés.

OBJETS DIVERS

183 Statuette bronze représentant un personnage assis, revêtu de la toge. Haut. 90 mm. Socle de bois.

184 Statuette bronze, Vénus demi-nue se mirant. Haut. 220 mm. Moderne.

185 Statuette bronze, Hercule portant la peau du lion. Haut. 180 mm. Moderne.

186 Bracelets et bague bronze. Epoque romaine. 8 p.

187 Haches de bronze, plates, trouvées en Chypre. 9 pièces à diviser.

188 Sept grands fers de lance, à diviser.

189 Neuf fers de lance, moyens et petits, à diviser. Trouvés à Arpéra.

190 Un grand fer de lance quadrangulaire. Long. 420 mm.

191 Sept clous, formes différentes, bronze. Long. 110 à 250 mm.

192 Instruments de chirurgie, spatules, pinces, clous, crochets. 24 p.

193 Fibules et boucles. 3 p.

194 Une petite lampe bronze, anneau surmonté de la croix byzantine. Long. 140 mm. Le couvercle manque,

195 Candélabre bronze, incomplets. 3 p.

196 Miroirs de bronze ornés de cercles et de rosaces. 6 p.

197 Deux plateaux de balance romaine, et petit vase de bronze.

198 Trépied de bronze gravé et portant des inscriptions arabes; belle patine rouge. Haut. 100 mm.

199 Lot d'aiguilles ou annulettes (?), pierre dure et ivoire, 5 p.

200 Lot de cône, plaquette et rondelles en ivoire, ornés de dessins et rosaces.

201 Un collier de 70 perles de couleur et amulettes.

202 Un grand lot de 62 scarabées, terre émaillée.

203 Un lot cachets et perles pierre dure, 17 p.

204 Un lot de 4 cylindres hématite, l'un avec garniture en or.

205 Un lot de 3 scarabées agathe, calcédoine et terre émaillée, et un osselet de verre, 4 p.

206 Un lot de 22 cylindres.

VERRES

207 Deux petits flacons pâte bleue. Haut. 35 mm.

208 Cinq petits flacons irisés. Haut. 30 à 55 mm.

209 Cinq petits flacons fuselés. Irisation.

210 Un petit bol ; très belle irisation nacrée. Haut. 35 mm.

211 Deux flacons et une petite ampoule. Irisation.

212 Petit vase pâte jaune, panse pomiforme, deux anses coudées bleues. Haut. 78 mm.

213 Bol côtelé pâte bleue. Irisation. D. 116 mm. Restauré.

214 Une petite œnochoé et deux flacons. Irisation.

215 Une patère pâte bleue, filets gravés à l'intérieur. Belle irisation. D. 141 mm. Restaurée. Trouvée à Troulli.

216 Un gobelet à pied pâte jaune, et une petite bouteille pâte jaune, irisation violette, restaurée.

217 Une bouteille pâte rouge et une autre très bien irisée. Haut. 70 mm.

218 Flacon jumeau pâte verte, enroulée de filets, festons au col. Irisation. Haut. 122 mm.

219 Cuiller en forme de spatule. Irisation. Long. 164 mm. Trouvée à Troulli.

220 Balsamaire cylindrique pâte bleue, muni de deux oreillettes, panse recouverte de flammes jaunes incrustées. Haut. 120 mm.

221 Amphorisque à pied pâte bleue épaisse, panse cannelée garnie de cercles et de chevrons. Haut. 100 mm.

222 Balsamaire pâte bleue opaque, deux oreillettes, panse lisse, flammes et cercles blancs. Haut. 120 mm.

223 Un autre balsamaire, même style. Haut. 125 mm.

224 Amphore pâte opaque, festons et filets jaunes et bruns incrustés. Haut. 115 mm. Les anses manquent.

225 Amphorisque. Irisation bleue. Haut. 150 mm.

226 Flacon panse cubique, pâte et anses bleues. Haut. 110 mm.

227 Un plateau. D. 190 mm., et trois bols.

228 Bouteille piriforme avec filets, et flacon forme chandelier. Belle irisation.

229 Flacon piriforme, et bol. Très belle irisation.

230 Un gobelet à quatre dépressions, et une œnochoé anse cannelée. Irisation.

231 Bol pâte jaune. D. 112 mm.

232 Gobelet à pied, à quatre dépressions, et flacon piriforme.

233 Quatre flacons pomiformes, dont deux à côtes.

234 Une petite coupe et un petit vase à pied.

235 Trois flacons et deux gobelets.

236 Un flacon jumeau enroulé de filets, festons au col. Irisation bleue. Haut. 115 mm.

237 Deux autres, filets et festons.

238 Un autre à cinq anses festonnées; l'anse supérieure manque. Belle irisation argentée. Haut. 120 mm.

239 Un autre, avec filets. Irisation bleue. Haut. 112 mm.

240 Un autre, pâte vert clair, trois anses festonnées; l'anse supérieure manque. Très belle irisation. Haut. 145 mm.

241 Un autre, pâte verte, trois anses et filets. Irisation. Haut. 150 mm.

242 Un magnifique flacon jumeau, festons au bas, enroulé de filets. Superbe irisation argentée. Haut. 110 mm.

243 Une bouteille pâte verte, panse pomiforme, goulot étroit, orné de filets et d'un feston. Haut. 160 mm.

244 Vase panse pomiforme, goulot effilé, large col orné d'un feston. Irisation multicolore. Haut. 170 mm.

245 Balsamaire et amphorisque col évasé.

246 Bol, très jolie irisation arc-en-ciel. D. 110 mm. — Amphorisque à dépressions. Haut.: 160 mm.

247 Ampoule, col et panse festonnés en zig-zags. Haut. 82 mm. Restaurée.

248 Six flacons forme chandelier. Irisation.

249 Ampoule à dépressions. Belle irisation bleue. Haut. 75 mm.

250 Cinq flacons, panse pomiforme. Irisation.

251 Bol côtelé. D. 108 mm. Fêlé.

252 Deux petits flacons pâte jaune. Belle irisation.

253 Un vase à deux anses, filets, festons et anse pâte bleue. Haut. 150 mm.

254 Deux petites ampoules à dépressions. Irisation. Haut. 55 mm.

255 Quatre petits flacons de formes différentes. Belle irisation.

256 Douze flacons fuselés.

257 Quatre flacons à essences, forme fuseau.

258 Bouteille, bol et gobelet à pied.

259 Vase forme évasée et bouteille ornée de filets. Irisation. Haut. 185 mm.

260 Flacon panse sphérique, deux anses, et bouteille forme biberon.

261 Balsamaire et flacon forme amphorisque à dépressions.

262 Œnochoé panse sphérique, anse pâte bleue. Belle irisation. Haut. 160 mm.

263 Petite ampoule à deux anses et vase piriforme côtelé en spirale. Jolie irisation.

MONNAIES

264 Petites monnaies grecques et de Chypre, douteuses ou fausses. 7 pièces.

265 **Chypre**, Citium, Marium, Paphos, 7 pièces arg.

266 — *Henri I.* (1218-52). Le roi deb.. ℟. Le Christ assis. Besant d'or concave.

267 **Royaume de Chypre**. *Henri II* (1284-1324). Le roi assis de face. ℟. Croix de Jérusalem. Gros d'arg. (Schl. pl. VI, n° 21) 14 p.

268 — *Hugues IV* (1324-58). Mêmes types. Gros d'arg., 27 p. — Demi-gros variés, 11 p.

269 **Royaume de Chypre**. *Pierre I* (1359-69). Mêmes types. Près du roi, l'écu des Lusignan. Gros d'arg. 20 p. — Demi-gros, 1 p.

270 — *Jean II* (1432-58). Mêmes types. Gros d'arg. (Schl. pl. VII, n° 15). 1 p.

271 — *Boémond IV* (1201-32). Buste avec la cotte de mailles. ℟. Croix. Or. 2 p.

272 — *Raymond Rupin* (1201-22). Même type. Denier arg. 1 p.

MONNAIES BYZANTINES

273 *Justinien*. Son buste de face. Sou d'or (Sab, XII, 3) T. B.

274 — Deux autres sous et un triens d'or. 3 p.

275 *Héraclius, Héraclius-Constantin et Héracléonas*. Sous d'or. (Sab XXI, 6). 5 p. TB et B.

276 *Tibère II Constantin*. Sou d'or. (Sab. XXII, 13).

277 — Un autre. (Sab. XXII, 15). T. B.

278 *Maurice Tibère*. Son buste de profil. (Sab. XXIV, 12).

279 *Focas*. Sou d'or, 1 p. — *Héraclius*. Sous d'or, 2 p.

280 *Héraclius et Héraclius Constantin*. Sous d'or, 3 p.

281 *Constant II et Constantin Pogonat*. Sous d'or, 2 p.

282 *Constant II*. Sous d'or, 3 p. T. B.

283 — Variété. (Manque à Sabatier.)

284 *Théophile, Michel et Constantin VIII*. — *Constantin X et Romain II*. Sous d'or, 2 p.

---

285 Sous d'or concaves. 9 p. B.

286 Lot de monnaies div. du moyen-âge. Arg. 13 p., 27 gr.

BIJOUX, INTAILLES, ETC.

287 Une paire de boucles d'oreille en or estampé ; têtes de taureau, d'ancien style ; fils simples. D. 40 mm. Trouvée à Larnaca.

288 Une paire de boucles d'oreille ; têtes de dauphin en or estampé, perle de verre irisé, fils d'or cordelés. D. 40 mm.

289 Une paire de boucles d'oreille ; têtes de bacchante en or estampé ; trois perles pâte de verre séparées par de petits anneaux, fils d'or cordelés. D. 35 mm.

290 Une paire de boucles d'oreille ; têtes de dauphin en or estampé, la gueule ouverte, trois perles irisées séparées par des anneaux, fils torsadés. D. 28 mm.

291 Une autre paire, têtes de dauphin ; perles d'or et de grenat séparées par de petits anneaux granulés, fils en torsade. D. 26 mm.

292 Une autre paire, plus petite, perles irisées. D. 20 mm.

293 Une autre paire, les têtes de dauphin sont endommagées. D. 28 mm.

294 Une autre paire, têtes de bacchante, perles de couleur, fils d'or unis. D. 25 mm.

295 Une paire de boucles d'oreille, têtes de bouquetin, or estampé, trois perles de couleur séparées par des anneaux granulés, fils d'or cordelés. D. 25 mm.

296 Une paire de boucles d'oreille, représentant des cygnes dont la partie postérieure est enfermée dans une gaîne filigranée ; trois pierres grenat sont enchâssées dans le corps et les ailes ; fils d'or tressés. D. 27 mm. Trouvée à Episcopi.

297 Une paire pendants d'oreille en or, formée d'une marguerite ajourée et filigranée, surmontée d'une feuille ; la pendeloque est façonnée en amphore reposant sur un petit talon d'or. Long. 67 mm. Trouvée à Episcopi.

298 Une paire de pendants d'oreille, en or ; marguerite ajourée et filigranée à laquelle est suspendu un petit amour. Long. 32 mm.

299 Une paire de boucles d'oreille en or massif; amours tenant de la main dr. une amphore, de la g. une patère. D. 16 mm. Poids 5 gr. 8.

300 Autre paire, amours les ailes éployées, fils cordelés. D. 12 mm. Poids 6 gr.

301 Une autre paire, petits amours enguirlandés. D. 15 mm. Poids 4 gr.

302 Une autre paire, or estampé ; amours surmontés d'une fleur en filigrane. D. 15 mm.

303 Une boucle d'oreille, or estampé; protome d'un veau issant d'une gaîne ornée; anneau torsadé. D. 21 mm.

304 Une paire boucles d'oreille, même type; l'une est endommagée. D. 24 mm.

305 Une autre paire semblable. D. 22 mm.

306 Une paire boucles d'oreille, or, anneau torsadé et filigrané. D. 18 mm.

307 Une autre paire, or; mêmes têtes. D. 18 mm.

308 Une paire boucles d'oreille or ; têtes de bélier à colliers filigranés, anneaux cordelés. D. 16 mm.

309 Une autre paire, or, têtes de chèvre. D. 20 mm.

310 Une autre paire, plus petite. D. 16 mm.

311 Une paire boucles d'oreille, formées de cinq disques d'or entourés d'un cordon filigrané. Long. 26 mm. Trouvées à Larnaca.

312 Une paire boucles d'oreille, or massif, amours enguirlandés, les ailes éployées, anneau cordelé. Poids 8 gr., D. 17 mm.

313 Une paire boucles d'oreille, or; têtes de chèvre, anneau cordelé. Poids 4 gr. D. 20 mm.

314 Une paire pendants d'oreille, or. Dans le haut, une boîte carrée dans laquelle est enchâssée une cornaline; le pendant est formé d'une feuille ajourée, terminée par deux perles de verre et un grenat. Long. 40 mm.

315 Une paire pendants d'oreille, ajourés et filigranés, formés d'une large feuille ajourée, ornée de deux perles; le pendant, en forme de clocheton, est également garni de perles d'or ajourées. D. 55 mm.

316 Une paire boucles d'oreille or; petit disque auquel est suspendue une boule. Long. 20 mm.

317 Une paire boucles d'oreille or; disque filigrané dans lequel est enchâssé un grenat. D. 11 mm.

318 Une paire boucles d'oreille or; anneau cordelé, orné, sur le devant, d'une cupule lisse. D. 26 mm.

319 Une paire pendants d'oreille or; pâte de verre bleue enchâssée; pendant formé de cinq boules en pyramides. Long. 22 mm.

320 Deux paires petits pendants d'oreille, or; cupule avec pendant.

321 Une paire boucles d'oreille or; petite fleur ajourée, au centre, un grenat. D. 10 mm.

322 Une autre paire semblable; au centre, une perle. D. 14 mm.

323 Deux paires boucles d'oreille, pierres et or.

324 Une paire boucles d'oreille, or; anneau garni, sur le devant, d'une grande perle cylindrique en onyx. D. 30 mm.

325 Une autre paire; anneau orné de deux perles. D. 25 mm.

326 Une paire boucles d'oreille, or; anneau orné. Poids 3 gr.

327 Deux paires boucles d'oreille, or; pendentif. Poids 2 gr. 5.

328 Trois paires boucles d'oreille, or; pendentif en forme de boule. Poids 4 gr.

329 Une paire boucles d'oreille en or découpé; agate enchâssée dans une alvéole carrée. Une pierre manque. Le pendant triangulaire est formé d'une feuille traversée de fils d'or parallèles. Long. 40 mm.

330 Une paire boucles d'oreille, or; pierre dans une alvéole carrée; deux pendants ovales dans lesquels sont enchâssées des agates.

331 Trois paires boucles d'oreilles lamelles d'or découpées en croissants, garnies d'un cordelé ou de points en relief.

332 Trois autres paires, lamelles d'or découpées en croissants.

333 Quatre paires anneaux d'or, unis; 30 gr. A diviser.

334 Un lot de boucles d'oreille d'or, dépareillées. Neuf pièces, 9 gr.

335 Amulette en or. Figurine croisant les mains sur la poitrine; les pieds sur un socle. Haut. 41 mm.

336 Amulette en or estampé, représentant, sur chaque face, deux boucliers béotiens. Haut. 32 mm. Trouvée à Larnaca.

337 Pendeloque monétiforme en or estampé, représentant le soleil. D. 19 mm.

338 Une autre de même forme, représentant les Trois Grâces. Fruste. D. 17 mm.

339 Pendeloque, or estampé; tête de taureau, d'ancien style. Long. 21 mm.

340 Pendant d'oreille formé d'une boucle et de quatre chaînettes. Long. 75 mm.

341 Deux petits disques, or estampé, à dessins. D. 12 mm.

342 Un lot pièces incomplètes, or. Environ 8 gr.

343 Collier de 72 perles d'or, de différents styles. Environ 25 gr.

344 Collier formé d'une chaînette d'or sectionnée par de petites pierres. Poids 3 gr.

345 Chaînette-collier, or, formée d'anneaux doubles; fermoir ovale. Poids env. 6 gr.

346 Deux plaquettes funéraires; lame d'or repoussé représentant une figurine de femme coiffée à l'égyptienne; bordure tressée. Long. 86 mm., larg. 51 mm.

347 Bandeau funéraire, or estampé. Long. 250 mm.

348 Boucle d'or, ajourée, ornée de pierres de couleur, quelques-unes manquent D. 45 mm.

349 Autre boucle ajourée, en forme de fleur, et ornée de sept pierres de couleur. D. 30 mm.

350 Grande boucle pour cheveux, façonnée en spirale, terminée par une tête de griffon; or. Haut. 26 mm.

351 Grande bague intaille jaspe rouge, portant une inscription; tête casquée; monture moderne, en or. Poids 11 gr.

352 Bague intaille sardoine; faune assis devant un vase; monture moderne en or. Poids 6 gr. 5.

353 Bague intaille cornaline; guerrier conduisant un cheval par la bride; un autre soldat le suit; monture moderne en or. Poids 6 gr.

354 Bague intaille jaspe rouge; Mars couronné par la Victoire; monture moderne en or. Poids 5 gr.

355 Bague intaille cornaline; buste jeune portant un doigt à la bouche; monture moderne en or. Poids 3 gr. 5.

356 Bague intaille sardoine; bœuf à gauche; monture moderne en or. Poids 3 gr. 5.

357 Bague intaille sardoine; cheval attaché à une colonne; monture moderne en or. Poids 5 gr.

358 Bague intaille onyx; tête jeune casquée; monture moderne en or. Poids 12 gr.

359 Bague or, intaille cornaline ; buste lauré, à dr. Poids 2 gr.

360 Bague or, intaille grenat ; tête de Mercure. Poids 2 gr.

361 Bague or, intaille sardoine ; tête de soldat romain. Poids 1 gr. 5.

362 Bague or, intaille grenat ; tête de femme diadémée. Poids 2 gr. 8.

363 Bague or, intaille grenat ; poisson. Poids 1 gr.

364 Bague or, magnifique intaille hyacinthe ; l'Abondance debout, coiffée du modius. Poids 10 gr.

365 Bague or, calcédoine enchâssée dans un chaton mobile. Poids 4 gr.

366 Bague or, chaton ovale, pierre verte dans une alvéole carrée. Poids 3 gr.

367 Jolie petite bague en or, forme serpent. Poids 1 gr. 8.

368 Bague égyptienne en or ; sujet gravé, personnage assis. Poids 6 gr.

369 Cinq bagues en or ; sujets divers. Poids 7 gr. 5.

370 Bague argent, intaille calcédoine ; soldat tenant une haste, à ses pieds, un oiseau.

371 Bracelet argent, orné, à chaque extrémité, d'une tête de bouquetin

372 Epingle de cravate en or, formée d'une intaille en cornaline encadrée d'un fil torsadé terminé par deux têtes d'animaux ; les yeux sont figurés par des rubis.

373 Un lot bagues et boucle de cheveux, argent fortement oxydé, ornées d'un scarabée en cornaline et de pierres de couleur, 7 pièces.

374 Intaille grenat représentant une tête de femme.

375 Intaille cornaline ; sujet bucolique à trois personnages.

376 Intaille jaspe vert : les Erynnies, inscription ; montée en médaillon D. 14 mm.

377 Intaille agathe buste d'homme lauré. D. 13 mm.

378 Intaille calcédoine ; tête de femme. D. 13 mm.

379 Intaille agate ; Mars tenant son bouclier devant un autel, inscription. D. 13 mm.

380 Intaille cornaline ; tête d'éphèbe. D. 17 mm.

381 Intaille calcédoine ; tête d'Apollon. D. 13 mm.

382 Intaille cornaline ; Jupiter coiffé du modius. D. 15 mm.

383 Intaille améthyste ; Mercure tenant le caducée. D. 16 mm.

384 Intaille jaspe rouge; Victoire tenant deux épis. D. 15 mm.

385 Une autre; Jupiter tenant une Victoire. D. 14 mm.

386 Cinq intailles cornaline et calcédoine représentant des animaux.

387 Cinq intailles cornaline; la Victoire et l'Abondance.

388 Trois intailles jaspe, cornaline et calcédoine; têtes d'homme.

389 Six intailles cornaline et sardoine; sujets différents.

390 Trois intailles cornaline et calcédoine; personnages.

391 Intaille cornaline; Apollon jouant de la lyre. D. 17 mm.

392 Intaille hématite; guerrier à cheval terrassant un ennemi; inscription D. 25 mm.

393 Quatre intailles à sujets et inscriptions.

394 Bagues et perles en agate, 3 pièces.

395 Un petit camée agate, représentant une tête jeune, de face.

396 Un collier de 57 perles de couleur.

397 Deux autres grands colliers de perles de couleur.

398 Trois bracelets, verre irisé.

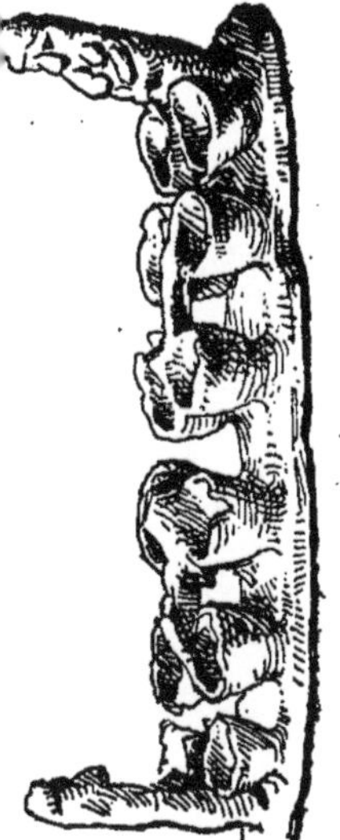
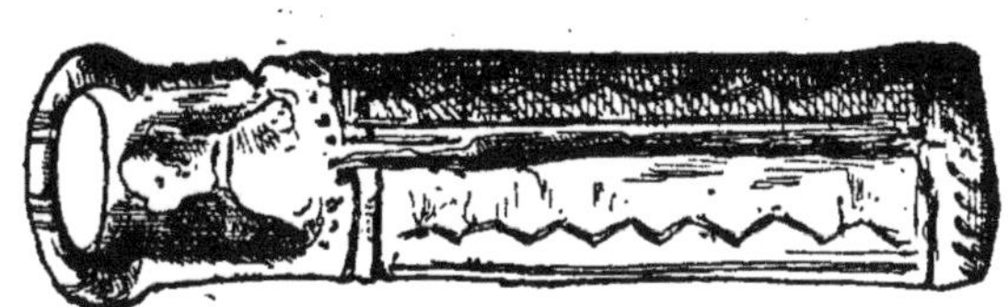
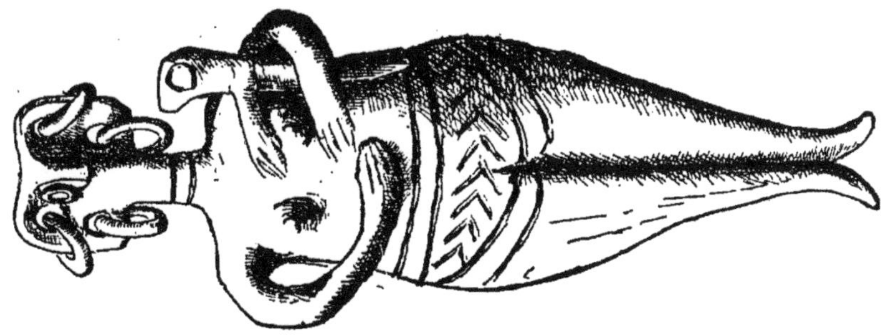

Marcellin Germain del.

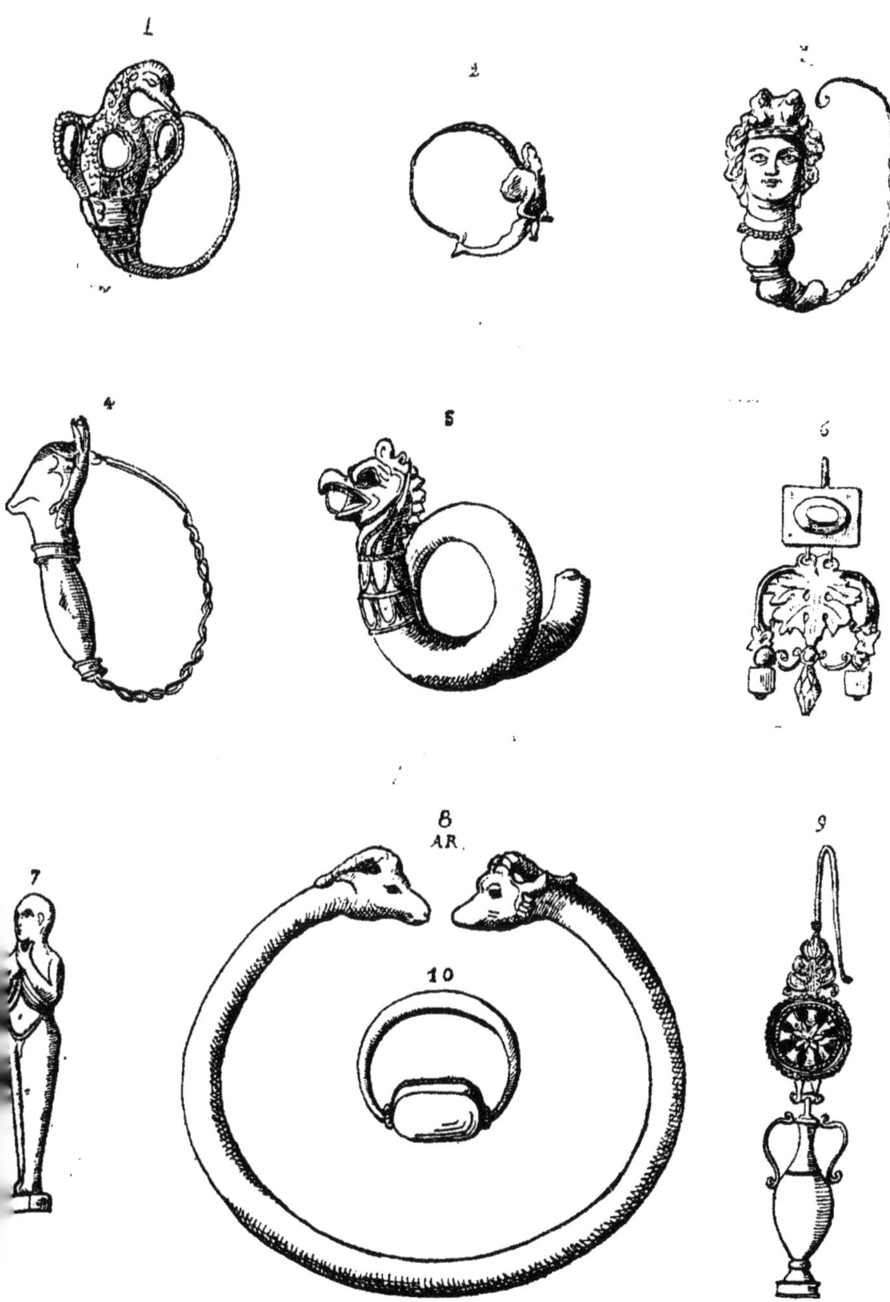
1
2
3
4
5
6
7
8
AR
9
10

www.ingramcontent.com/pod-product-compliance
Ingram Content Group UK Ltd.
Pitfield, Milton Keynes, MK11 3LW, UK
UKHW020220180726
13838UKWH00005B/2113